6€b
2018

CONFESSIONS
D'UN APPRENTI
GANGSTER

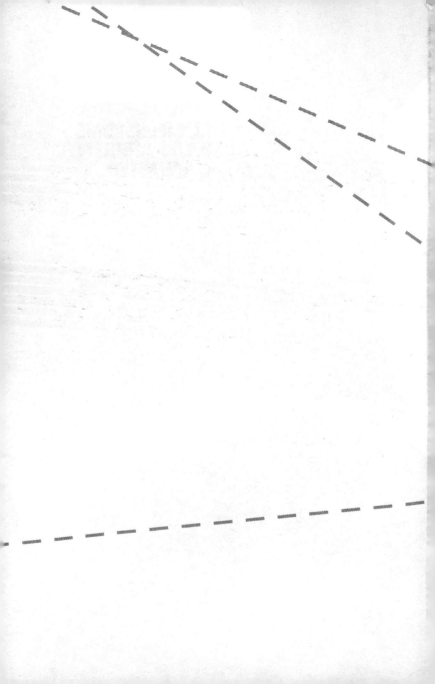

Axl Cendres

CONFESSIONS D'UN APPRENTI GANGSTER

Sarbacane
Depuis 2003

— Tu peux enlever cette cagoule ridicule, elle a dit, ses yeux durs braqués dans les miens.

Elle m'avait tout de suite reconnu ; on s'était échangé trop de regards, trop souvent, moi assis tout au fond de la classe, elle tout devant, de la 6e jusqu'à la 4e — trop de regards pour que cette cagoule lui cache quoi que ce soit.

C'était Elsa, la fille aux yeux noisette croquante, celle dont je rêvais parfois que j'étais le héros, et voilà qu'à présent je faisais, bien malgré moi, partie de ses bourreaux.

– T'as rien à craindre, je l'ai rassurée en enlevant mon masque inutile.

Elle a souri d'un air méprisant.

– Tu me fais pas peur, ni toi ni tes abrutis de copains !

Ça faisait trois ans qu'on ne s'était pas vus. On avait tous les deux seize ans, on aurait dû être au cinéma, en train de piocher dans le même paquet de popcorn, sauf qu'elle venait de se faire enlever et que c'était pas du cinéma.

Mes abrutis de copains étaient partis poursuivre leur plan.

Comment j'en étais arrivé là ?

Cette question, les yeux d'Elsa me la posaient.

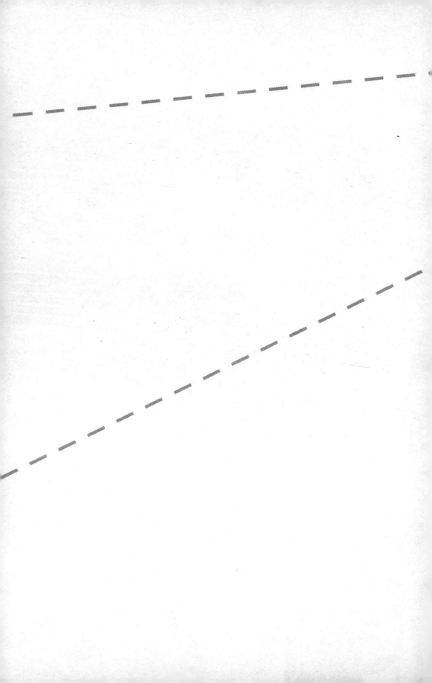

1 L'ENFANCE D'UN APPRENTI GANGSTER

Une rencontre

La première fois que j'ai vu mon père, c'était derrière une table du parloir de la prison de Fleury-Mérogis ; j'avais été conçu à quelques mètres de là, trois ans plus tôt, à la faveur d'une visite conjugale. Ma mère avait été ferme : pas question de mettre les pieds en prison avant de tenir correctement dessus — elle pensait que ça me porterait la poisse, d'y aller d'abord en poussette.

C'est donc sur mes deux jambes bien solides de bonhomme, la main soudée à celle de ma mère, que j'ai fait ma première entrée derrière les barreaux.

Un peu plus tôt, on avait pris un car spécial qui nous avait conduits jusqu'ici. Le seul car au monde rempli d'enfants mais dans lequel on n'entend aucun chant, parce que personne n'a très envie de chanter dans ces moments-là.

Quand le car s'est arrêté sur le parvis intérieur de la prison, tous les passagers sont descendus en silence, et je me souviens m'être demandé, cerné par ces hauts murs gris surmontés de fils d'acier : Où sont donc les fleurs ?... J'avais entendu parler de cet endroit un tas de fois, et toujours on l'appelait *Fleury* ; mais j'avais beau regarder autour de moi, rien n'était fleuri par ici.

À la petite table en fer, si nos regards avaient été des faisceaux de lumière, ils auraient formé un triangle lumineux : je fixais mon père qui fixait ma mère qui me fixait. Mais on ne le faisait pas tous les trois pour les mêmes raisons… Moi, c'était juste à la manière des enfants quand on ne le leur interdit pas. Elle, me regardait pour savoir si j'allais bien, et lui la contemplait comme s'il la voyait pour la première fois – tout ça pour m'éviter moi, parce que justement, il me voyait pour la première fois. Il avait suivi mon évolution en photos, et il devait trouver bizarre de me voir là, comme un personnage de BD qu'on découvre en face ; il ne me trouvait pas à ma place.

À chaque fois qu'elle venait le voir, son amoureuse – ma mère – couvrait ses lèvres de rouge qui brillait quand elle les mordillait. Elle mordait surtout quand elle était nerveuse, et ses lèvres brillaient beaucoup tandis qu'elle me fixait en train de le fixer qui la fixait, avant qu'un cri de bébé ne vienne briser notre triangle de regards.

Et puis le bébé s'est calmé et ça s'est remis autour de nous à chuchoter, comme si tout ce dont on parlait dans un parloir ne devait jamais se répéter.

– Il ne manque de rien, hein ?

Ça, c'est les premiers mots que j'ai entendus avec la voix de mon père. La question ne m'était pas destinée, mais je savais qu'il parlait de moi.

Ma mère a fait non avec la tête tandis qu'elle caressait la mienne, et sa bouche brillait tellement qu'elle aurait rallumé la nuit.

On a repris le car silencieux, pour quitter la maison d'arrêt de Fleury-Mérogis.

– Où sont les fleurs ? j'ai demandé à l'oreille de ma mère.

Elle n'a pas répondu, mais elle a dû comprendre d'où venait ma question. Et comme si elle voulait colorier tout ce gris, une fois à Paris, sa main m'a entraîné jusqu'au Marché aux Fleurs et dans les allées fleuries, elle et moi, on s'est noyés dans les bleus et les roses, les jaunes et les mauves des pétales qui nous encerclaient.

Un braquage qui a mal tourné

Mon père était un gangster connu et reconnu, et pas seulement des services de police. Lorsqu'autour de moi on parlait de lui, c'était en hochant plusieurs fois la tête, tout en tordant la bouche vers le bas, comme pour dire *sacré bonhomme...* Quand on évoquait la raison de son incarcération, on disait toujours : « un braquage qui a mal tourné », de sorte que cette phrase était devenue une raison en soit, prononcée dans un souffle comme un seul mot trop long. Je ne me demandais pas qu'est-ce qui avait mal tourné : pour moi, mon père était là-bas simplement pour *un-braquage-qui-a-mal-tourné*.

Ce qui avait bien tourné en revanche, c'était sa carrière de gangster et, hormis son arrestation, on pouvait dire objectivement que mon père était un gangster qui avait réussi. Pour ne manquer de rien, on pouvait dire que je ne manquais de rien du tout. Mon père avait amassé ce qu'on appelle « un joli pactole », mais comme tous les gangsters qui avaient réussi, il s'était trouvé ensuite devant un constat loin d'être aussi joli : impossible de flamber l'argent, sous peine d'attirer l'attention des autorités. Il s'agissait d'être discret. Les gangsters mènent une vie semée de risques démesurés pour, au final, se retrouver dans la classe moyenne ; « En attendant que ça se tasse », qu'ils racontent, mais j'ai jamais rien vu se tasser.

Donc ma mère et moi, on habitait un appart modeste dans un quartier populaire.

Ma mère travaillait dans une boutique d'esthétique. Elle aurait très bien pu, en piochant avec discrétion dans « les économies », couler une vie douce, mais elle répétait souvent : « Si je travaille pas, je deviens folle ! »

Pour me garder après l'école, on pouvait compter sur mes oncles, et j'en avais plein. Des grands, des petits, des gros, des tout maigres et même un Noir ! Mes oncles étaient vraiment gentils avec moi, à les entendre répéter qu'ils étaient les « frères » de mon père, moi je croyais que c'était pour de vrai… Jusqu'au jour où la maîtresse nous a demandé de faire un dessin de notre famille. J'ai représenté ma mère entourée d'hommes, et quand la directrice, alertée, m'a demandé qui étaient tous ces gens, j'ai répondu :

– Mes oncles, les frères de mon père.

– Même celui-ci ? elle a ajouté en pointant

du doigt mon oncle Salomon, le Noir, et j'ai répondu que oui.

Convoquée d'urgence, ma mère s'en est sortie tant bien que mal, et j'en ai conclu, en voyant tout le raffût causé par ce dessin que, petit un, on peut avoir une couleur d'yeux différente avec son frère, mais pas de peau ; et petit deux que, peut-être, quelque chose clochait dans ma famille.

Mais ça ne m'a pas tracassé plus que ça.

Mon oncle préféré, c'était l'oncle George. Tout maigre et tout long comme un réverbère, l'oncle George était celui avec qui je passais le plus de temps, parce que personne ne lui donnait de travail. Faut dire que l'oncle George, niveau gangster, il était pas très doué ; y a des mauvais gangsters comme des mauvais médecins, des gars qui ont la vocation mais qui n'y arrivent pas, ou alors très mal.

Alors pendant que les autres allaient travailler, mon oncle George restait avec moi ; il me faisait des pâtes au Nutella et puis on jouait aux cartes tandis qu'il me racontait des histoires de gangsters…

Celui qui m'impressionnait le plus et de loin, c'était John Dillinger. À Chicago dans les années 30, il était considéré par certains comme « l'ennemi public numéro 1 », et par d'autres comme le « Robin des bois des temps modernes » ; il avait même réussi à s'évader de prison en fabriquant un pistolet en bois qu'il avait peint avec du cirage noir !

Lorsque je faisais mes devoirs, mon oncle George aimait bien participer, à sa façon ; il scotchait sur mon manuel de géographie, qu'il étudiait attentivement en hochant la tête d'un air impressionné. Et quand on recevait un oncle de passage, l'oncle George aimait bien étaler sa science :

– Et l'Angleterre, c'est une île ! qu'il disait, content de lui, c'est pour ça qu'on dit *Les îles Britanniques* !

– Pfff… faisait l'autre, arrête tes conneries, une île, c'est avec des cocotiers et des palmiers !

Moi la matière que je préférais, c'était les maths. Cette logique sans faille avait quelque chose de très rassurant.

Mon oncle George me gardait aussi, un dimanche sur trois, quand ma mère partait au parloir sans moi. Ces jours-là, elle se préparait plus longtemps que quand je l'accompagnais, et une fois rentrée, elle n'avait plus du tout de rouge sur les lèvres ; elle portait à la place un sourire un peu triste. Et quand mon oncle s'en allait, elle m'endormait dans ses bras en fredonnant un air imaginaire.

Un pilote qui vole pas

Après le grabuge que mon fameux dessin avait provoqué, mes parents avaient décidé que pour mon entrée au collège, on m'inscrirait dans le privé.

– Les gens posent moins de questions quand c'est pas gratuit, avait dit mon père.

Et puis on avait les moyens et ça ne constituait pas une dépense trop voyante.

Le problème avec les écoles privées, c'est pas les questions ; le problème c'est que comme tous les parents ont de l'argent, on en conclut que tous les parents ont un travail, alors le directeur peut se permettre d'organiser des trucs comme : *La journée de présentation des métiers des pères.*

Seulement moi, le jour de la rentrée des classes, à la question *Profession du père*, j'avais répondu *Pilote*. La plupart des gosses qui ont un père absent répondent ça — c'est pratique et c'est la classe. S'il y avait autant de pilotes qu'on le raconte, il faudrait fabriquer un autre ciel pour qu'ils puissent tous voler dedans.

Ce soir-là, on avait reçu la visite de mon oncle Paulo. Celui-là, il venait pas souvent mais à chaque fois, il m'apportait un cadeau et ma mère disait qu'il n'aurait pas dû. Avec un grand sourire qui découvrait quelques dents en or, l'oncle Paulo ajustait son costume trois-pièces en disant que c'était juste une babiole.

On était à table, ma mère, mes deux oncles et moi, quand je leur ai parlé de la fameuse journée…

– Pilote ?! a dit ma mère en se prenant la tête dans les mains. Tu as dit que ton père était pilote ?

Elle continuait de se lamenter entre deux morsures de lèvres, tandis que mon oncle Paulo riait de toutes ses dents dorées.

– Si le gamin veut un pilote, a déclaré mon oncle George, il aura un pilote !

Et c'est comme ça que quelques jours plus tard, j'ai débarqué à l'école avec un oncle George costumé en pilote des pieds à la tête, laquelle tête arborait une casquette blanche brodée d'ailes dorées. Y a pas à dire, il avait fière allure.

Au milieu de quelques pères en blouse blanche, il y avait surtout des costards-cravates qui ont ennuyé la classe avec leurs histoires de CAC 40. Tous les élèves avaient les yeux braqués sur mon oncle George, et ils n'ont pas été déçus quand ç'a été son tour…

Mon oncle George, il a pas son pareil pour raconter des histoires ; il a mené tout le monde en bateau dans son avion imaginaire, et il a même raconté cette fois où il avait été obligé d'atterrir en urgence… sur l'océan Atlantique !

Et puis il y a eu le père d'Elsa Cassano, la fille aux yeux noisette croquante, celle dont je rêvais parfois que j'étais le héros.

Il a posté face à nous sa carrure de buffle, et sous sa moustache brune, sa bouche a articulé : *commissaire de police*. J'ai regardé mon oncle George. Sous sa casquette de pilote, on aurait dit que le ciel venait de lui tomber sur la tête.

Sagement, tout le monde a écouté monsieur le commissaire nous expliquer que son travail, c'était de mettre les mauvaises personnes en prison, pour qu'elles ne fassent pas de mal aux bonnes personnes.

Quand tous les pères ont eu fini leurs présentations, des boissons et des gâteaux ont été servis dans la cour, et les élèves ont goûté tandis que les pères bavardaient entre eux. À petits pas discrets, mon oncle George s'est approché de moi et m'a fait signe qu'on déguerpissait. Pendant qu'on se dirigeait vers la sortie, je regardais Elsa qui me regardait, accrochée au bras de son père. La fille d'un flic et le fils d'un gangster, ça ne s'invente pas. La sortie n'était plus qu'à quelques mètres quand le commissaire a interpellé mon oncle George :

— J'ai l'impression de vous avoir déjà vu, vous volez pour quelle compagnie ?

— J'ai rien volé, a répondu du tac au tac mon oncle George.

Ce qui a bien fait rire les autres, qui ont cru à une plaisanterie. Alors le pilote s'est forcé à rire avec eux.

— Pour plusieurs compagnies, il a finalement marmonné en toussotant, d'ailleurs, j'ai un vol dans quelques heures.

Et on a repris le chemin de la sortie.

— Bon vol ! on a entendu dans notre dos.

Une fois dehors, à l'abri des regards, mon oncle George s'est accroupi, posant les mains sur ses genoux pour reprendre son souffle comme s'il sortait d'un marathon en apnée.

On est ensuite rentrés à la maison en vitesse. Entre deux bouffées d'air, l'oncle George a raconté ce qui s'était passé aux oncles présents ce jour-là ; les uns écarquillaient les yeux, d'autres claquaient dans leurs mains en se marrant. Moi j'écoutais de loin de loin, mes pensées tournant autour d'une même question : si ce qu'avait dit le commissaire était vrai, alors mon père était une mauvaise personne… Et puisque son sang coulait sous ma peau, est-ce que ça faisait de moi aussi une mauvaise personne ?

C'est lors du parloir qui a suivi que j'ai demandé à ma mère de nous laisser seuls. Elle a paru surprise au début, puis elle a fini par accepter sans poser de question.

Une fois en tête-à-tête, j'ai pris mon courage et mon souffle avant de lâcher :

– Qu'est-ce qui a mal tourné ?

Il m'a dévisagé en silence.

– Le jour du braquage, j'ai précisé, qu'est-ce qui a mal tourné ?

Il a peut-être pensé que si j'étais assez mûr pour poser la question, je devais l'être aussi pour encaisser la réponse :

– J'ai tué un homme, il a dit.

Je me suis levé de ma chaise et j'ai quitté la salle. Mon père se trompait, je n'étais pas assez mûr pour encaisser ça, mais il était hors de question de le lui montrer ; et c'est seulement lorsque j'ai rejoint ma mère, qui m'attendait dans la cour, que je me suis laissé pleurer dans ses bras.

★★★

J'avais gardé les yeux baissés en me confessant à Elsa, qui m'écoutait en silence. Lorsque j'ai enfin levé mon regard sur elle, ses lèvres souriaient légèrement.

– Je crois pas à ça, elle a affirmé en effaçant son sourire.

– À quoi ?

– Qu'on est forcément une mauvaise personne parce que notre père le serait…

J'ai rien dit.

– Et ensuite ? elle m'a demandé. Qu'est-ce qui s'est passé ?

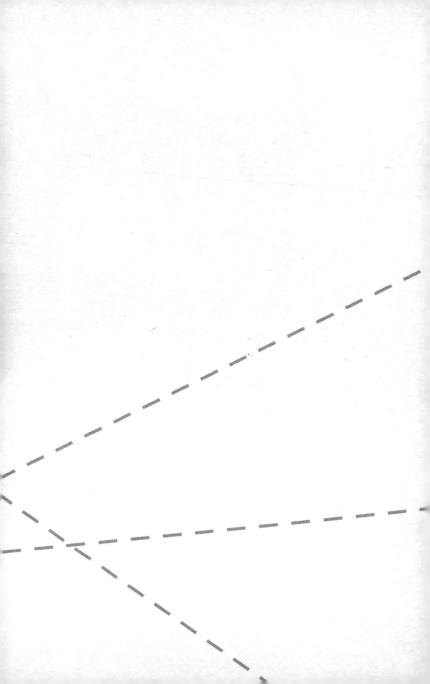

2 LE DÉBUT DE CARRIÈRE

Un déménagement

C'est arrivé quelques mois après mon entrée en 4e.

Je rentrais du collège quand j'ai entendu ces mots : « Ton père », « transféré », « maison d'arrêt de Brest ». C'était ma mère, le visage durci comme si son cœur avait été coulé au plomb.

J'ai demandé pourquoi, et elle a lâché comme un mot trop long : « Une-bagarre-qui-a-mal-tourné ».

J'étais assez grand maintenant pour comprendre ce que ça voulait dire, et assez bon en calcul mental pour savoir que la liberté conditionnelle à laquelle pouvait prétendre mon père dans un an, venait de prendre l'eau, et même carrément le large.

Une semaine plus tard, l'oncle George était au volant de la voiture qui nous conduisait à Brest. Et peut-être parce que j'associais cette ville à notre départ précipité de Paris, je l'ai aussitôt trouvée triste, sans couleur... Comme si le ciel gris se reflétait dans les maisons, les rues, les gens et même les fleurs.

Je n'avais demandé qu'une chose à ma mère : aller dans une école publique. Elle avait accepté sans rien dire, et c'est comme ça que je me suis retrouvé dans un collège situé à quatre cents mètres de la prison. Ici, aucune chance pour qu'on organise *La journée de présentation des métiers des pères*, puisque un quart d'entre eux étaient au chômage, un deuxième quart incarcérés, et les deux derniers soit ouvriers, soit « ne s'étaient pas fait prendre ». La frontière entre ces quatre catégories était très mince : un ouvrier pouvait se retrouver au chômage, commettre un larcin, se faire prendre et être incarcéré ; le tout en seulement quelques jours et dans un périmètre d'un kilomètre.

Fini le privé et ses familles modèles dans lesquelles je ne me reconnaissais pas. Plus besoin de mentir, envolé le pilote.

Vu que les nouvelles allaient plutôt vite dans le coin, on a tout de suite su qui j'étais, ou plutôt de qui j'étais le fils. Et ça a forcé l'admiration, comme si mon père avait été une vedette de cinéma. On voulait savoir si toutes les histoires qu'on racontait sur lui étaient vraies, et elles l'étaient. Quelques jours à peine après mon arrivée, un certain Thomas qui se faisait appeler Tommy-la-pagaille, surnom qui disait presque tout de lui, à part qu'il était roux et qu'il avait une mâchoire de cheval, s'est approché de moi dans la cour. Il était accompagné par son copain Yacine, dit Yas-le-boucher – non qu'il ait charcuté qui que ce soit : son père travaillait juste dans une boucherie du centre-ville.

Et allez savoir pourquoi, ces deux têtes brûlées s'étaient dit que mon héritage paternel, combiné à mes bonnes notes en maths, feraient de moi le cerveau du trio.

À la maison, depuis qu'elle avait pris conscience que ses rêves de famille réunie ne se réaliseraient plus de sitôt, ma mère agissait comme un automate : elle faisait à manger parce qu'il fallait bien, elle mangeait parce qu'il fallait bien, mais c'était comme s'il y avait eu un interrupteur à l'intérieur d'elle, celui qui allumait la lumière dans ses yeux, et que quelqu'un avait, d'un coup, appuyé dessus pour l'éteindre.

Elle a encore dit :

– Si je travaille pas, je deviens folle !

Mais malgré toutes ses recherches dans les boutiques d'esthétique, elle n'a rien trouvé. C'est l'oncle George qui lui a finalement déniché, grâce à une vieille connaissance, un emploi de serveuse dans un café du port. À part lui, les oncles se faisaient de plus en plus rares. Alors je me suis mis à traîner avec Tommy-la-pagaille et Yas-le-boucher… après tout, pourquoi lutter ? Vu que mon père était une mauvaise personne, je devais sûrement l'être, moi aussi.

Un premier braquage

L'idée est venue de Yas-le-boucher :

– La boucherie où travaille mon père ! Y dit toujours qu'son patron, c'est un gros connard qui s'en met plein les poches et laisse des miettes aux employés !

– OK, a fait Tommy. Va nous falloir des cagoules !

– J'ai ma cagoule de ski, s'est enthousiasmé Yacine.

Tommy lui a tapé l'épaule.

– Pas des cagoules bleu ciel avec des flocons dessus ! Des vraies : noires avec des trous que pour les yeux et la bouche !

– Et où c'est qu'on va trouver ça ?!

– On va les fabriquer nous-mêmes !

Et c'est comme ça que Tommy-la-pagaille, Yas-le-boucher et moi, on s'est mis au tricot.

Sur un terrain vague près du port, assis sur des cageots en bois qui avaient dû contenir du poisson, on se retrouvait pour nos travaux manuels ; et comme on s'y prenait comme des manchots, il nous en a fallu, du temps, avant de bricoler quelque chose qui ressemble à une cagoule de gangster...

Le jour prévu pour le braquage, tout était prêt.

Quand on est entrés dans la boucherie, le père de Yacine passait le balai, tandis que son patron, qu'on aurait facilement pu prendre pour une truie moustachue en blouse blanche tachée de sang, servait une cliente.

Les trois paires d'yeux se sont tournées, incrédules, sur ces trois silhouettes de gamins encagoulés n'importe comment.

Tommy s'est approché du patron :

– LA CAISSE ! il a gueulé en pointant sur lui, d'un geste mal assuré, son pistolet à billes.

Le patron a levé un couteau grand comme un sabre, et une seconde plus tard, le père de Yacine nous dégageait avec son manche à balai.

Alors qu'on venait de franchir la porte, Tommy s'est tenu le derrière en hurlant :

– J'me suis pris une balle !

Le patron brandissait un petit pistolet, apparemment très satisfait d'avoir touché sa cible.

– C'est pas une balle ! a crié Yacine en passant le bras de Tommy autour de son cou et en me faisant signe de l'imiter. C'est une fléchette de son pistolet tranquillisant, il s'en sert pour les bêtes !

Il n'a pas fallu longtemps pour que les effets se fassent sentir : alors qu'on traînait Tommy en courant comme on pouvait, direction le terrain vague, il s'est mis à se marrer ; les muscles de son corps semblaient totalement relâchés, et il souriait comme un con en racontant n'importe quoi.

– Et si on allait à Eurodisney ?! J'ai envie d'une barbe à papa !

Une fois sur place, on a retiré la fléchette de la fesse de Tommy, et il s'est passé une bonne heure avant qu'il émerge de l'euphorie dans laquelle l'avaient plongé les tranquillisants.

Après ce braquage complètement raté, il a bien fallu reconnaître que notre gang n'était pas tout à fait au point.

On a essayé encore à la station-service, où le gars nous a dit calmement qu'il n'avait pas d'argent liquide, parce qu'il n'acceptait plus le cash à cause des braquages ; puis dans un petit bar, où la grosse patronne affalée derrière son comptoir s'est mise à rigoler sans même se donner la peine de nous répondre, quand on lui a crié de nous donner la recette du jour.

Un soir que je rentrais chez moi, j'ai trouvé ma mère qui m'attendait, debout dans le séjour. Elle me regardait d'un air grave en se mordant les lèvres. Mon oncle George était assis à la table derrière elle, la tête baissée.

Tout de suite, j'ai pensé qu'ils étaient au courant pour les pseudo-braquages et j'allais dire qu'on n'avait rien volé, à part quelques friandises à la station-service, faute de mieux.

Mais j'ai vite compris qu'il ne s'agissait pas de ça : quelque chose dans les yeux de ma mère cherchait déjà à me consoler de ce qu'elle allait m'annoncer…

– Ton père et moi, on va divorcer.

Je suis resté sans mots, comme si mon cerveau avait besoin d'un temps pour comprendre le sens de cette phrase.

– Tu peux pas lui faire ça, j'ai fini par lâcher.

– Je ne lui fais rien, il est au courant, on a pris la décision ensemble…

J'en croyais pas mes oreilles. Elle s'est assise à la table.

– Et puis… la solitude, toutes ces années, j'ai besoin de quelqu'un au quotidien… pour m'épauler, m'aider…

Quand j'ai regardé l'oncle George et que j'ai compris que c'était lui, j'ai eu envie de vomir.

Je me suis cassé de là en claquant la porte, et j'ai couru jusqu'au terrain vague.

Assis sur un cageot, j'ai regardé le ciel en écoutant crier les mouettes qui volaient vers la mer.

Alors que la nuit me tombait dessus et dedans, j'ai été rejoint par Tommy et Yacine. Assis à côté de moi, ils ruminaient les raisons de nos échecs successifs…

— J'en ai marre de ces trucs d'amateurs, j'ai dit, je veux passer à autre chose…

— À quoi tu penses ? m'a demandé Tommy, les yeux tout excités par une possibilité de pagaille.

— À faire évader un prisonnier.

Une sortie en mer

J'avais décidé d'attendre les vacances d'été pour passer à l'action. L'été, ce sont souvent de jeunes surveillants un peu frileux qui remplacent les matons expérimentés.

En attendant, vu que c'était le seul de nous trois qui en avait l'âge, Yacine prenait des cours de conduite accompagnée. Tommy s'est inscrit au programme de visites volontaires des détenus sans famille, et moi j'ai continué à peaufiner ma dextérité en travaux manuels...

Pour passer les portiques de sécurité muni d'une arme factice, sans affoler les détecteurs avec un pistolet à billes, je m'étais dit que le mieux serait d'en fabriquer un en bois, peint au cirage noir.

C'est donc à cet effet, et comme j'avais constaté que l'amateurisme de nos cagoules tricotées ne nous avait pas réussi, que j'ai décidé d'être plus professionnel, en consacrant mon temps libre à la sculpture sur bois.

Le jour J, tout était prêt.

J'avais choisi un lundi matin, moment où le parloir est quasiment vide.

Sans problème, je suis passé sous le portique de sécurité. Une fois dans la salle du parloir, je me suis assis face à mon père, et il a tout de suite vu que quelque chose clochait.

— Tu sais, il a commencé, pour ta mère et moi…

CONFESSIONS D'UN APPRENTI GANGSTER

– Lève-toi et suis-moi, je l'ai coupé, déterminé.

Il m'a interrogé du regard, je me suis dressé et j'ai sorti le pistolet.

Pour une pagaille, c'en a été une belle.

Les quelques personnes présentes se sont jetées sous les tables.

Pour sortir de là sans me faire embêter, je m'étais dit que la meilleure façon serait de prendre un otage. Et le rouquin qui participait au programme de visites volontaires des détenus sans famille, et qui employait tous ses talents d'acteur pour avoir l'air choqué, avait justement déposé une demande de parloir pour ce matin-là.

Les surveillants me fixaient, les yeux exorbités comme des boules de loto, ne sachant comment réagir face à un cas pareil. Je savais qu'aucun d'entre eux ne me tirerait dessus : on tire pas sur un gamin, encore moins sur un gamin qui menace de tirer sur un autre.

En quelques minutes, on a traversé la salle, le couloir, la cour et la porte d'entrée, devant laquelle nous attendait, au volant d'une voiture « empruntée » à son père, un conducteur novice encagoulé.

Yacine a appuyé sur l'accélérateur et les pneus ont crié, droit vers la mer.

Tandis qu'on roulait, Tommy tapait dans ses mains en poussant des rires de joie. Je ne disais rien. Mon père me dévisageait, incrédule, se demandant comment tout cela était possible.

Ils nous ont déposés, mon évadé et moi, devant une crique isolée bordée par une petite plage, à dix minutes de nage du port.

– Bonne route, m'sieur, a dit Tommy par la fenêtre. On vous r'joindra en train !

– En train ! a confirmé Yacine qui ne portait plus sa cagoule, mais un sourire de gosse qu'aurait rencontré Mickey Mouse pour de vrai.

Et la voiture a bondi.

Mon père n'avait encore rien dit, je lui ai désigné la plage et on y est descendus en silence. Ça me faisait tout drôle de le voir là, debout en plein air ; pas à sa place.

La suite du plan était simple : Yacine lâcherait « l'otage » en pleine nature, lequel ne retrouverait son chemin qu'en fin de journée, pour aller prévenir la police que ses ravisseurs avaient pris la route de Paris.

En vrai, je projetais de nager jusqu'au port pour voler un bateau avec mon père — pour lui, ce serait sûrement une formalité —, afin de rejoindre le sud de l'Angleterre.

Pour la suite, je lui faisais confiance.

Une fois sur la plage, je lui ai expliqué tout ça, et je m'apprêtais à me diriger vers la mer quand il m'a arrêté.

– Attends, il a dit en gonflant d'air ses poumons, ça fait très longtemps que je me suis pas assis sur le sable…

Et il s'est posé là ; alors je me suis assis près de lui. On n'était pas à dix minutes près.

Après un long silence durant lequel, les yeux fermés, mon père a semblé renouveler tout l'air qui lui avait manqué pendant ces années d'enfermement, il a rouvert les yeux avec un léger sourire :

– Ta mère ne va pas être contente.

– Je m'en fiche de c'qu'elle pense ! Elle se fiche bien de savoir ce que je pense, moi !

– Tu sais… De tous les vols que j'ai commis dans ma vie, celui que je ne me pardonnerai jamais, c'est les années prises à ta mère… Elle a le droit, à présent, d'avoir un homme à ses côtés…

J'ai écarquillé les yeux.

– T'es au courant ?!

Il m'a fait oui de la tête. J'ai serré les poings.

– Mais t'es libre, maintenant ! Une fois qu'on sera en Angleterre, elle nous rejoindra, et vous aurez plus besoin de divorcer !

Il a posé la main sur ma tête.

– Allons se baigner, il a proposé en m'ébouriffant les cheveux.

Et, l'espace d'un instant, on est redevenus juste ça : un père et un fils à la plage.

C'est dans la mer, tandis qu'on nageait à petites brasses sous le soleil qui faisait comme des paillettes sur l'eau calme, que j'ai entendu le son des gyrophares.

Le plan n'avait pas vraiment fonctionné comme prévu : la voiture s'était fait intercepter avant même que « l'otage » ait pu être déposé par son ravisseur, le vol du véhicule ayant été signalé. Et Yacine, sous la menace du balai de son père, avait tout avoué en vitesse.

J'allais accélérer ma nage, quand j'ai vu que mon père continuait de remuer avec lenteur les bras et les jambes.

– Vite ! j'ai crié, ils arrivent !

Et c'est seulement là, en le regardant faire du surplace avec un sourire un peu triste, que j'ai compris qu'il n'avait jamais eu l'intention de partir.

– Je vais pas plus loin, mon garçon… mais merci pour la balade.

Je l'ai interrogé du regard.

– J'ai trop couru, il a poursuivi, je me suis trop caché, cette vie-là n'est plus pour moi… et elle n'est pas pour toi non plus.

– Mais on pourrait s'enfuir, j'ai dit en entendant ma voix se mouiller. Maintenant, tous les deux…

Descendant la crique, les policiers envahissaient la plage ; l'un d'eux, à travers un mégaphone, nous a ordonné de nous rendre.

– Allez, fiston, a dit mon père, c'est l'heure de rentrer.

Alors qu'on nageait doucement vers le bord, j'ai entendu sa voix mêlée au son des vagues :

– T'as manqué de rien ?

– De toi, j'ai répondu en noyant mes larmes dans la mer.

L'eau m'arrivait à la taille quand j'ai senti son bras enlacer mon cou et sa bouche presser mon front.

– Moi aussi, j'aurais aimé qu'on passe plus de temps ensemble… C'est le prix que je paie pour la vie que j'ai menée… Je veux pas que t'aies un jour une dette aussi chère à payer…

★★★

Cette fois, lorsque j'ai relevé les yeux sur Elsa, ses lèvres ne souriaient pas ; elles tremblaient légèrement.

– Peut-être que ton père n'était pas si mauvais que tu le pensais…

– C'est ce que j'ai fini par me dire…

– Et ça t'a pas donné envie de changer ?

– Si, justement.

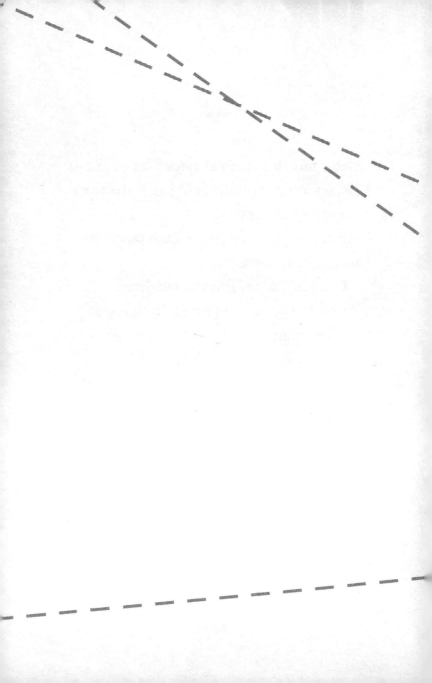

3 L'ENTRÉE DANS LA COUR DES GRANDS

Un changement

Dix mois. C'est le temps que j'ai passé dans un « centre de jeunes délinquants », le genre d'endroit d'où la plupart des pensionnaires ressortent un peu moins jeunes et un peu plus délinquants. De mon côté, j'avais décidé d'en finir avec ces histoires, alors je me tenais à l'écart des magouilles ; et pour m'occuper, je résolvais des équations.

Étant donné que mes « camarades » savaient pourquoi j'étais là, une sorte d'admiration craintive empêchait quiconque de m'embêter ; de temps à autre, un gars s'approchait pour me demander si je préparais un prochain coup.

– Je prépare rien du tout, je répondais.

Le gars me faisait un clin d'œil comme s'il avait bien saisi le message, puis il murmurait, complice :

– Quand t'auras besoin d'hommes de confiance, tu sauras où m'trouver.

Il se racontait qu'un jour, je serais à la tête de mon propre gang, et tout le monde voulait en faire partie.

Durant mon séjour, je n'ai reçu que la visite de George, amputé de son titre d' « oncle » depuis que j'avais appris pour lui et ma mère. Elle, n'est jamais venue. Elle lui a juste donné une lettre qu'il m'a remise à sa première visite, le jour où je lui ai demandé, d'homme à homme, depuis combien de temps ça durait, leur histoire.

– J'ai toujours respecté ta mère, il m'a répondu droit dans les yeux. Pareil pour toi, et ton père… Jamais j'aurais tenté quelque chose sans son accord... Je suis allé lui en parler, face à face...

Silence.

– Ton père veut rien de plus que le bonheur de ta mère, tout comme moi... et toi aussi, non ?

Bien sûr que je le voulais.

– OK... j'ai fini par dire. Mais j'peux quand même pas recommencer à t'appeler « oncle George », ça ferait bizarre, hein ? Un oncle avec sa mère...

– C'est vrai, il a reconnu en se grattant la tête. George tout court, ça me va très bien.

– Dans ton cas ce serait plutôt « George tout long », j'ai plaisanté.

On s'est souri.

Ses deux mains ont chaleureusement serré la mienne. Et il est parti. Après tout, je ne pouvais pas lui en vouloir éternellement : peut-être que cet homme cherchait pour de vrai, simplement, à rendre ma mère heureuse ; comme le jour où il avait voulu me rendre heureux en n'hésitant pas à se faire passer pour mon père pilote.

J'ai attendu d'être seul dans mon lit pour lire la lettre :

Mon tout petit,

Venir te voir dans un parloir est au-dessus de mon courage.

Te savoir là me vide de tout. Je sais bien que tu n'as pas vécu une enfance ordinaire, mais je pensais que l'amour que je te donnais compenserait l'ordinaire.

Je sais aussi que mon choix de vie t'a poussé à agir comme tu l'as fait, mais George est un homme bon, qui a toujours été présent pour nous. Jamais je n'ai trahi ton père, je l'ai mis au courant de tout. Je comprends quand même ta blessure, et je m'en veux d'autant plus de *l'avoir causée que je la ressens moi-même. Lorsque tu as mal, les gens qui t'aiment souffrent pour toi, mais ta mère souffre <u>avec</u> toi.*

J'aimerais que tu sois encore mon tout petit, te prendre par la main et effacer tes chagrins en t'emmenant au Marché aux Fleurs.

À ma sortie du centre, où j'avais poursuivi ma scolarité avec assiduité, j'ai passé et obtenu le concours d'entrée au Lycée naval de Brest ; devenir officier de la Marine nationale, c'était ça mon objectif – embarquer sur un navire et partir le plus loin d'ici. En attendant, je vivais une vie tranquille avec ma mère et mon beau-père, tout en rendant souvent visite à mon père. Fini les bêtises, malgré les relances insistantes, les premiers temps, de Tommy et Yacine qui avaient effectué quelques mois dans d'autres centres pour mineurs, et qui savaient à présent, à force d'avoir élargi leur réseau, où trouver de *vraies* cagoules de gangster.

Je devenais peu à peu un adolescent normal...

C'est arrivé un mois après la fin de ma Seconde ; à la rentrée, je devais effectuer un stage de six mois sur un navire de la Marine. Un soir que je rentrais de l'entraînement, ma mère m'attendait debout dans le séjour. George se tenait près d'elle.

Quelque chose dans les yeux secs de ma mère cherchait déjà à me consoler, et elle a arrêté de se mordre les lèvres pour dire :

– Il va falloir être courageux.

Si être courageux, ça veut dire ne pas s'écrouler quand tu apprends que ton père s'est fait tuer ; si être courageux, ça veut dire rester de marbre pendant qu'on dresse sa pierre tombale ; si être courageux, ça veut dire « faire avec » et continuer à vivre comme avant, alors je laisse le courage aux autres.

Un retour aux sources

Le jour de l'enterrement de mon père, nous n'étions que tous les trois ; aucun oncle ne s'était déplacé, sachant que les flics rôderaient dans le coin. C'est ensuite qu'ils se sont mis à venir pour présenter leurs condoléances, jamais plus de deux à la fois. Ils étaient toujours aussi sympas avec moi, mais je sentais comme un malaise quand j'entrais dans la pièce où ils parlaient à voix basse.

Je voyais bien qu'on me cachait quelque chose, et c'est à mon oncle Salomon, que j'ai suivi dans la rue quand il a pris congé, que j'ai fini par demander des explications.

– C'est quoi toutes ses messes basses ? je lui ai demandé alors qu'il s'apprêtait à monter dans sa voiture.

Il a baissé les yeux, l'air embêté.

– Reste en dehors de ça…

J'ai élevé la voix en le prenant par la manche :

– J'ai le droit de savoir ! J'suis plus un gamin !

Après une longue hésitation, il m'a finalement indiqué de monter avec lui.

Assis immobile au volant, l'oncle Salomon regardait droit devant, et il a pris son souffle avant de commencer :

– La bagarre qui a mal tourné… Certains pensent que c'était un contrat, pour supprimer ton père…

Il a dégluti lentement.

– Il allait bientôt sortir, et ça n'arrangeait pas tout le monde…

– De qui tu parles ? j'ai demandé.

– Le jour du... du braquage qui a mal tourné, ils étaient trois. L'un s'est fait tuer, ton père a été arrêté, mais le dernier est parti avec le butin, et un gros... Ton père l'a jamais balancé.

C'était ce troisième homme qui avait gardé la part de mon père, laquelle avait depuis décuplé à force d'investissement lucratifs, principalement dans le secteur des nuits parisiennes. Et d'après tous les « frères », de peur que mon père réclame le pactole à sa sortie de prison, son complice d'antan s'était mis en tête de le supprimer avant...

J'avais l'impression qu'il y avait du brouillard devant le pare-brise, mais c'était juste devant mes yeux.

– Je le connais ? j'ai dit à voix basse.

Il a serré le volant avant de lâcher :

– C'est ton oncle Paulo.

★★★

À ma mère, j'avais demandé de ne pas m'accompagner au port, le jour du départ du navire de la Marine. Comme quoi ce serait trop dur pour moi, de me séparer d'elle là-bas — et sans doute que ç'aurait été le cas.

Ce jour-là, c'est donc sur le seuil de la porte qu'elle a embrassé mes joues mouillées par ses larmes.

— Prends bien soin de toi, mon tout petit…

Mais la vraie raison pour laquelle je ne voulais pas qu'elle vienne, c'était que je n'y allais pas.

Arrivé à l'angle de la rue, j'ai balancé mon sac dans le coffre d'une décapotable, avant de sauter sur la banquette arrière, et le moteur a vrombi sous les rires de joie d'un rouquin qui avait pris deux années, mais rien perdu de son désir de pagaille. Au volant, Yacine conduisait toujours aussi vite et mal, mais cette fois, au moins, la voiture était bien à lui — même si on pouvait douter de l'honnêteté avec laquelle il l'avait acquise.

C'est un mois après avoir eu cette conversation avec mon oncle Salomon, un mois passé à ruminer, seul dans mon lit, l'esprit comme enveloppé dans une vapeur molle, que j'avais fini par prendre une décision. Et pour réussir mon projet, j'avais besoin de l'aide de mes anciens « complices », lesquels ne s'étaient pas fait prier.

Alors que la voiture filait vers Paris, Tommy s'est retourné pour me parler. Sa mâchoire de cheval était à présent parsemée de petits poils roux qui prétendaient former une barbe.

– C'est quoi ton plan, au juste ? il a crié dans le vent.

– J't'expliquerai plus tard, j'ai dit, en reversant ma tête au ciel pour voir voler les dernières mouettes vers la mer.

Une vieille connaissance

Sur les bancs de la table de l'air de repos où on s'était arrêtés, Tommy-la-pagaille et Yas-le-boucher mâchouillaient leurs sandwiches, l'air dubitatif, essayant de comprendre où je voulais en venir.

— C'est des maths, j'ai expliqué pour la seconde fois, le moins annule le moins… Donc le mal annule le mal : si on vole des voleurs, c'est comme si on n'avait rien volé.

— Donc, a dit Tommy qui venait de percuter, on vole ce que les voleurs ont volé… Et c'est comme si on n'avait rien fait ?

— Sauf qu'on aura ce qu'ils ont volé.

— Je marche ! il s'est écrié en rigolant la bouche pleine.

— Moi aussi ! s'est enthousiasmé Yacine.

— T'as bien apporté ce que je t'ai demandé ?

Oui, Yacine avait bien *emprunté*, au sympathique patron de son père, son pistolet à fléchettes tranquillisantes.

Avant de quitter Brest, j'avais aussi pris soin de contacter d'autres gars, rencontrés au centre de jeunes délinquants, et qui allaient rapidement nous rejoindre. J'allais bientôt être à la tête d'un gang d'un nouveau genre, qui pille les gangsters aussitôt leur larcin achevé. Nous ne serions pas des « Robin des bois » qui volent aux riches pour donner aux pauvres, mais de bons Samaritains qui volent aux voleurs pour rendre aux volés ; en prélevant 10 % du butin, pour le dérangement.

Afin de pouvoir sous-louer une petite maison de banlieue qui nous servirait de base, Yacine consentit, à contre-cœur, à vendre sa décapotable.

– T'en auras bientôt une plus jolie, je lui ai promis.

Pour être au courant de tous les braquages en cours et en prévision, je devais maintenant m'introduire dans le « milieu »…

C'est dans son grand bureau sombre niché au-dessus d'une boîte de nuit qui lui appartenait, que m'a reçu, les bras ouverts, un homme aux dents dorées vêtu d'un costume trois-pièces qui avait manifestement pris quelques tailles.

Il avait suffi que j'évoque son nom à quelques barmans des quartiers animés pour qu'on m'indique son QG, mais on m'avait prévenu en ricanant :

– Tu peux toujours courir pour que Paulo-
le-boss te reçoive !

Le molosse posté à l'entrée de l'établisse-
ment, quand je lui ai déclaré que je voulais
parler à Paulo, il m'a ri au nez.

– C'est le frère de mon père, j'ai ajouté.

J'ai prononcé le nom de ce dernier, le gars
m'a dévisagé et, dans le doute, il est allé
m'annoncer.

Une dizaine de minutes se sont alors écou-
lées, minutes durant lesquelles mon cher
oncle s'est trouvé devant un dilemme : soit
me rembarrer et ne pas savoir ce que je lui
voulais, soit me recevoir et en avoir le cœur
net.

Dans le couloir, avant de me laisser entrer
dans le bureau, le molosse m'a demandé
d'écarter les bras, et il s'est assuré, d'un
solide passage de mains, que je ne portais
pas d'armes.

– Précaution d'usage, il a grogné.

Enfin, la porte s'est ouverte pour laisser paraître, derrière un grand bureau noir, le sourire brillant de mon vieil oncle.

– Entre, mon garçon, comme tu as grandi ! Je ne savais pas que tu étais en ville !

Il m'a fait signe d'approcher et de prendre le fauteuil face à lui.

– Qu'est-ce qui t'amène ? Des ennuis ? Comment va ta mère ? Et ce bon vieux George ? J'ai appris pour ton père… Quelle tragédie ! J'aurais voulu venir vous voir, mais on me surveille de très près… Tu veux quelque chose à boire ?

Une inquiétude voilait son regard faussement souriant : il voulait savoir tout de suite si je savais, si j'étais là parce que j'avais entendu dire qu'il était responsable du prolongement de la peine de prison de mon père, et accessoirement de sa mort.

– Je veux travailler pour toi, j'ai dit avec fermeté.

D'un coup, il s'est apaisé : visiblement, je ne savais pas.

Il m'a alors examiné en silence. Dans sa tête, une équation simple était en train de se résoudre : mieux valait pour lui m'avoir à l'œil, plutôt que j'aille traîner chez d'autres qui pourraient me monter la tête avec des histoires...

– C'est d'accord ! il a conclu avec un sourire qui se voulait paternel.

Un premier coup

De la patience. C'est ce que j'avais demandé à tous les habitants de la petite maison de banlieue, qui étaient à présent au complet. Nous étions sept, les quatre garçons que j'avais rencontrés à Brest nous ayant rejoints ; et tous nous attendions le passage à l'action du gang.

Il y avait des jours, certains en avaient marre des jeux de cartes et de la télé, d'autres râlaient contre les pâtes et la purée… Yacine se plaignait que notre gang n'avait même pas de nom, mais une chose était sûre : ils me faisaient tous confiance et savaient que j'attendais le bon moment pour échafauder notre premier coup.

Après cette première entrevue, mon oncle Paulo m'avait dit de revenir le voir le lendemain, mais il m'avait prévenu, tout en avançant les épaules vers moi : j'allais devoir commencer en bas de l'échelle. Et de fait, mon travail consisterait à servir les boissons aux joueurs de la salle de poker clandestine que cachait la boîte de nuit au sous-sol.

Et c'est durant l'un de ces soirs, alors que je venais de servir deux verres, que j'ai surpris la conversation très intéressante qui se tenait à une table de jeu...

Un rondouillard aux joues roses, qui transpirait beaucoup, racontait qu'un certain Rico-l'Italien l'avait roulé d'un beau pactole, et que celui-ci gardait l'argent dans le restaurant qui lui servait de couverture.

– Paulo peut t'arranger ça, a soufflé un homme aux lunettes fumées. Deux ou trois hommes, pas plus et ce sera réglé…

Le rondouillard semblait intéressé.

– C'est 25 % de commission, a ajouté son interlocuteur.

Pendant que les deux hommes parlaient des détails, personne ne faisait attention au serveur qui se tenait juste derrière eux, un plateau à la main ; comme s'il avait été tout à fait invisible.

Une fois à la maison, j'ai exposé le plan à mes compères, dont les regards, qui salivaient d'avance, dévoraient mes mots comme du chocolat au lait.

– *Les Invisibles*, j'ai dit pour conclure, à l'attention de Yacine.

Il m'a interrogé du regard.

– Le nom de notre gang, j'ai précisé, ce sera *Les Invisibles*.

Notre avantage : l'effet de surprise, le surnombre et quelque chose d'encore plus puissant… Lorsqu'un gangster finit un braquage qu'il croit réussi, l'adrénaline chute instantanément, provoquant une baisse de vigilance – laquelle allait profiter à la deuxième équipe de gangsters, qui étaient, eux, sur le point de commettre leur braquage, de l'adrénaline plein la tête.

Et, dans une poche, un pistolet à fléchettes tranquillisantes qui avaient le pouvoir, en quelques instants, de faire oublier ses priorités pour des envies de barbe à papa.

Quelques jours plus tard, un certain Rico-l'Italien retrouvait, devant son restaurant, un sac contenant l'argent qu'on lui avait volé, moins 10%.

Alors qu'ils descendaient de leur voiture en allumant une cigarette, les deux hommes de Paulo avaient ressenti comme une piqûre au niveau du postérieur. À force d'entraînement, Yacine était devenu un as à cet exercice-là. On avait alors attendu une minute pour leur tomber dessus, et aucun des deux n'avait protesté, un sourire euphorique plaqué sur la figure.

Dans le sac qu'on leur avait dérobé, jamais, ni moi ni les autres, on n'avait vu autant d'argent. Et même si cette histoire de pourcentage avait, au départ, laissé certains perplexes, on voyait bien à présent qu'aucun ne voulait de tout ça ; c'était trop, trop tôt.

Et puis 10 % de l'océan, ça faisait bien assez d'eau pour étancher ce dont chacun avait soif ; même une fois la somme partagée en sept, Yacine a pu se payer une décapotable encore plus jolie que l'ancienne ; quant à moi, je ne voyais qu'une valeur à ces 10 % : j'avais volé beaucoup plus à quelqu'un qui devait s'en mordre les dents dorées.

Les yeux d'Elsa

Les ennuis sont venus avec un gars qu'avait connu Tommy dans son centre, un mastoc au crâne tondu qui se faisait appeler Le Motard, alors qu'il avait qu'une mobylette de rien du tout.

Dès son arrivée, il s'est mis à moquer notre système des 10 % ; dans mon dos, il engrainait les autres pour passer à la vitesse supérieure, et il voyait d'un œil méprisant le fait que moi, le *Chef*, n'avais pour véhicule qu'un scooter d'occasion.

Mais à ce moment-là, les états d'âme de mon entourage m'importaient peu, puisque je venais d'échafauder un plan qui allait faire très très mal à quelqu'un ; aussi mal, je l'espérais, que lui m'avait fait.

Cette fois, il ne s'agissait pas d'argent, mais d'or. Une mallette de lingots d'or qui devaient venir de Suisse. Évidemment, j'ai tout de suite compris que ce convoi « spécial » serait encadré par une équipe tout aussi spéciale, et donc que le coup était trop gros pour nous ; mais il ne l'était pas pour la police qui, une fois prévenue par une source anonyme mais fiable, au vu des détails fournis, mobiliserait un escadron capable de neutraliser les convoyeurs.

Les flics allaient attendre que le convoi arrive à destination pour mettre la main sur son destinataire gourmand d'or, Paulo-le-boss en personne ; tout était parfait, comme une équation mathématique. Mon erreur, ç'a été, peut-être sous l'effet de cette joie stupide que procure le sentiment de vengeance, de raconter tout ça à mes acolytes…

J'étais assis seul, sur le canapé du salon, à imaginer la tête de l'oncle Paulo pris sur le fait, quand la porte s'est brusquement ouverte. Souffle saccadé, Le Motard a déboulé dans la pièce.

– Mets ça, il a ordonné en désignant ma cagoule qui traînait sur la table basse.

Je l'ai aussitôt enfilée, voyant dans son regard excité que quelque chose n'allait pas comme prévu.

Et de fait : la bande s'était mis en tête de récupérer la mallette des mains de la police. Comment ? En faisant chanter le commissaire…

J'étais sur le point de crier que c'était de la pure folie ! Mais ma voix s'est instantanément coupée en voyant entrer, poussée fermement par le bras, la fille du commissaire Cassano.

Les yeux d'Elsa sont venus dans les miens ; c'était vrai, qu'elle avait pas peur. Ni de moi ni de mes abrutis de copains — quand on a un père comme le sien, on n'a peur de personne.

Le Motard m'a fourré un portable dans les mains.

— On attend un peu que ça se tasse. Dans deux heures, t'appelles le commissaire et tu lui passes sa fille. Et tu lui dis que s'il veut qu'on la relâche, il nous ramène la mallette, on l'attendra devant chez lui.

C'était le plan le plus foireux que j'aie jamais entendu.

D'un air de défi, Le Motard me mettait devant le fait accompli. Tous étaient de son côté, même Yacine et Tommy.

— On y va ! il leur a crié, et ils sont partis.

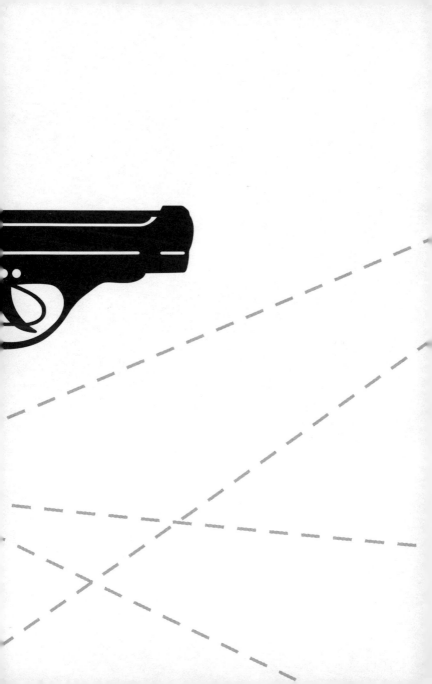

LE DÉNOUEMENT

Assis à côté d'Elsa, j'ai levé les yeux vers elle, ma confession désormais terminée. Elle m'a fixé bien droit.

– C'est ridicule, elle a fini par dire.

– Qu'est-ce qu'est ridicule ?...

– Cette histoire de vengeance !

J'ai rien dit.

– Tu te sens mieux ? elle a ajouté en croisant les bras, est-ce que tu te sens mieux maintenant que tu es vengé ?

– Je sais pas… je lui ai avoué, tout en me l'avouant à moi-même.

La vengeance est finalement comme ces plats en photos qu'on imagine délicieux, mais qui, une fois goûtés, ont une saveur qui nous déçoit.

Elle a élevé la voix :

– Et puis qu'est-ce que tu fabriques avec cette bande de demeurés ? Devenir un truand, c'est ça que tu veux faire de ta vie ?! Dans mon souvenir, tu avais le potentiel pour beaucoup mieux que ça...

– J'ai toujours pensé que puisque mon père était du côté des mauvais, je devais forcément l'être moi aussi...

Tout en soupirant, elle a légèrement remué la tête de gauche à droite, comme si j'avais dit la phrase la plus débile de la Terre.

C'est alors que j'ai entendu ça :

– Tu as le choix. Tu peux *choisir* d'être quelqu'un de bien.

Il y a des fois, tout s'éclaire en soi comme si quelqu'un venait d'appuyer sur un inter-rupteur à l'intérieur.

– Viens, j'ai dit, je te ramène chez toi.

– Et ton gang d'idiots ?

– Je sais exactement quoi leur dire pour qu'ils lâchent l'affaire.

Assise derrière moi sur mon scooter, alors que j'allais démarrer, elle a soufflé à mon oreille :

– John Dillinger…

– Hein ? j'ai demandé.

– Le coup du pistolet en bois, fallait quand même oser !

On a ri ensemble. J'ai senti ses mains enlacer ma taille et, l'espace d'un instant, on est redevenus juste ça : deux ados qui filent sur un scooter.

J'ai déposé Elsa devant chez elle.

– La prochaine fois, elle a plaisanté en me souriant, on pourrait simplement aller au cinéma.

– Ça marche, j'ai dit en lui rendant son sourire.

J'ai ensuite traversé la rue, pour aller parler aux garçons qui attendaient sagement dans une voiture qu'on vienne leur donner des lingots d'or, et qui faisaient de drôles de têtes depuis qu'ils m'avaient vu déposer notre « otage ».

– Le plan est annulé, j'ai déclaré.

Et avant même que l'un d'eux ouvre la bouche, j'ai ajouté :

– La mallette appartient à la mafia sicilienne.

J'avais pris soin de bien articuler ces deux derniers mots, qui ont suffi à glacer les ardeurs de toute la petite bande – personne ne voulant avoir des noises avec la « mafia sicilienne », puisque tout gangster qui se respecte, respecte plus encore cette mafia fantasmée.

Une fois de retour à la maison, mes compagnons étaient encore sous le choc :

– Tu te rends compte, disait l'un, si on avait eu affaire à eux…

– J'ai entendu dire qu'y pendent leurs ennemis par les pieds, ajoutait l'autre, des jours entiers…

Tous regardaient de biais Le Motard, qui se faisait tout petit à cause de la mouise terrible dans laquelle il avait failli les mettre.

C'est ensuite que je leur ai annoncé mon intention de me retirer : l'oncle Paulo ayant été arrêté, je n'avais plus aucun moyen d'entendre parler des prochains braquages, et la police allait assurément rechercher tous les gars qui avaient travaillé pour lui. Ça, c'était la raison officielle. La vraie, c'était que je m'étais jusqu'alors trompé de voie, et que je comptais bien trouver la bonne.

— Quesse qu'on va devenir ? m'a demandé, un brin inquiet, Tommy qui venait de percuter.

— Ben… chacun de nous pourrait investir son argent dans quelque chose… en attendant que ça se tasse…

— Dans quoi ? m'a interrogé Yacine.

Je me suis gratté la tête.

— Je sais pas moi… une boucherie ?

★★★

Ce n'est pas dans une décapotable criarde mais dans un train que j'ai repris, en sens inverse, la route qui reliait Paris à Brest.

Avant de rentrer chez moi, j'ai fait un détour par une petite plage. Assis sur le sable, je comprenais enfin le message qu'avait voulu me transmettre mon père.

Je me suis ensuite dirigé vers le port ; et là, de toutes mes forces, j'ai lancé quelque chose qui a volé entre les mouettes avant de lentement s'enfoncer dans l'eau.

Ma mère a été surprise de me voir débarquer comme ça, à l'improviste, mon sac sur le dos. Après m'avoir serré en me tâtant comme pour vérifier que j'avais rien de cassé, elle m'a posé une flopée de questions inquiètes. Alors je lui ai simplement dit la vérité, expliqué que la carrière que j'avais cru être la mienne n'était finalement pas pour moi.

– J'ai envie de pâtes au Nutella, j'ai dit à George quand il m'a pris dans ses bras.

– Où est ta casquette de marin ? il m'a demandé, une fois à table.

– Je l'ai jetée à la mer, j'ai répondu en parlant de ma cagoule de gangster.

Collection dirigée par Emmanuelle Beulque

© 2013, Éditions Sarbacane, Paris.

www.editions-sarbacane.com
facebook.com/fanpage.editions.sarbacane

Tous droits de reproduction, de traduction
et d'adaptation réservés pour tous pays.
Loi n° 49-956 du 16 juillet 1949
sur les publications destinées à la jeunesse.

Dépôt légal : 2e semestre 2013.
ISBN : 978-2-84865-630-4
Imprimé en Bulgarie.